DESCENDRE

Les oiseaux de nuit

ÉDITIONS DE THÉÂTRE BELGE FRANCOPHONE

Collection : « Aliénor »

Dirigée par Aurélie Vauthrin-Ledent

Les Oiseaux de nuit – Théâtre – création 2020
Les amis mots de compagnie ASBL
Email : lesoiseauxdenuit.editions@yahoo.com
ISBN : 978-2-931101-40-7
EAN : 9782931101407

FRANÇOIS BADOUD

DESCENDRE

Les oiseaux de nuit

Collection : « Aliénor »

FRANÇOIS BADOUD…

…est né en 1984 en Suisse et réside à Bruxelles. Il explore le jeu, l'écriture, le chant, la mise en scène et la mise en ondes. Il s'est formé au management à l'Université de Lausanne (2009), au théâtre à l'École supérieure de théâtre de Mons Arts[2] *(2016) et au jeu cinéma à l'Académie du film du Bade-Wurtemberg (2018). Au théâtre, entre autres, il joue dans* Métamorphoses *de Pascal Crochet au Théâtre des Martyrs (2018), dans* Les Chaussettes *de Pierre-Yves Millot, dans une mise en scène de Julien Pochon au théâtre Équilibre-Nuithonie en Suisse (2019) et lit à l'*Intime festival v.4 *du Théâtre Royal de Namur (2016). Au cinéma, il joue dans le long-métrage* Saint-Habib *(2021) de Benoît Mariage, la série TV* GR5 *(2019) de Jan Matthys et dans de nombreux courts-métrages comme* Love Oh Love *de Dominique Standaert,* La Bouche sèche *de Neill de Cock ou* Athéna *de Jérémy Maucour et Nathan Castay.*

En 2021, François cofonde le Collectif Entrelacs *avec l'actrice, autrice et metteuse en scène Camille Raséra.* Descendre *est sa première publication, ainsi que le premier projet qu'il met en ondes et en scène.*

Avant-propos

Descendre *a été écrit suite à ma découverte d'une réalité historique du pays où j'ai grandi.*

En Suisse, des centaines de milliers d'enfants et d'adultes ont été respectivement placés et internés administrativement[1] *dans des conditions déplorables, sous la responsabilité de l'Église et de l'État, de la fin du XIXe siècle jusqu'en 1981.*

Les autorités ordonnaient sans jugements ni droit de recours, officiellement à des fins d'éducation au travail. Les mineurs – orphelins, nés hors mariage ou issus de familles pauvres – étaient placés jusqu'à leur majorité dans des institutions ou des familles, le plus souvent paysannes. Les adultes considérés comme « déviants » – fainéants, vagabonds, alcooliques, etc. – subissaient des mesures similaires via des internements dans des pénitenciers, pour une durée maximale tacitement fixée à trois ans. Dans les deux cas, le manque de surveillance de l'État donna lieu à de nombreux abus : horaires de travail démentiels,

---

[1] *L'internement administratif est une mesure de détention décidée par le pouvoir exécutif (et non judiciaire). Son but était de prévenir les crimes en internant les personnes suspectes durant un délai déterminé par l'administration.*

tâches inadaptées, conditions d'hygiène, de soins et d'alimentation affligeantes, enfermements, viols, violences, attouchements, manques d'affection, manipulations et essais médicamenteux. Les filles-mères et les handicapées étaient par exemple contraintes à des avortements et/ou stérilisations. Le « grand renfermement » (XVIIe siècle) dont parle Foucault[2] *est là. Quant à l'ampleur du scandale, Pierre Avvanzino, historien spécialiste du sujet, avance qu'il s'agissait d'une culture de l'abus des plus démunis : rares étaient les établissements où la dignité était respectée. Pour les mineurs, on parle de 600 institutions, d'une centaine de milliers de jeunes par an... Des événements similaires ont été constatés en Angleterre, en Irlande, au Canada, en Allemagne, en France, en Espagne, en Belgique...*

---

[2] *À l'âge classique, on interne les fous et invente un nouveau concept de déraison, unissant les fous aux vagabonds, oisifs et autres sortes de dépravés. Voir « Histoire de la folie à l'âge classique », Michel Foucault, 1976.*

En 2021/22, ce texte est en cours de création d'une fiction radiophonique, dans une mise en ondes de l'auteur. Design sonore de Raymond Delepierre. Prise de son et montage de Quentin Jacques. Marrainage de Zoé Suliko. Production par deux-temps-trois-mouvements asbl avec le soutien du fonds d'aide à la création radiophonique de la Fédération Wallonie-Bruxelles et de la Fondation Suisse pour la Radio et la Culture.

Un projet de pièce de théâtre sonore itinérant est également en pré-production, dans une mise en scène de l'auteur. Assistanat à la mise en scène de Suzanne Emond. Costumes et décors de Satu Peltoniemi. Travail sonore de Raymond Delepierre et Quentin Jacques.
Production par le Collectif Entrelacs. Soutiens du Théâtre des Riches-Claires, Centre Culturel de Verviers, Centre Culturel de Jette L'Armillaire, Ambassade de Suisse en Belgique, Centre Culturel Jacques Frank, Maison de la Culture de Saint-Gilles, Cie Acteur et l'Écrit (émergences2), Centre des arts scéniques.

Merci à Jean-Marie Piemme pour son compagnonnage lors de l'écriture

À Camille Raséra, Raymond Delepierre, Quentin Jacques, Zoé Suliko, Satu Peltoniemi, Elyne Maillard et Suzanne Emond pour leurs collaborations sur les projets de mise en ondes et en scène

À Fabienne Barras, Caroline Imhof, Carole Lambert, Juliette Mauduit, Pierre Avvanzino, Benoît Vreux, Frédéric Dussenne, Jérémy Michel pour leurs collaborations lors des premières explorations scéniques

À tous.tes cielles qui ont contribué à faire éclater la vérité de ce passé

À mes parents – Jean-Daniel et Antoinette Badoud – pour leur soutien

« Qui cherche à savoir ce qu'a été notre enfance,
cherche à savoir quelque chose de notre âme »

Erika Burkart (1979), poétesse suisse

Aux lecteurs.rices

Le dialogue du frère et de la sœur peut se lire/s'interpréter avec les pronoms personnels « je/tu » et « il/elle ». On peut considérer que les personnages se parlent ou nous parlent d'un eux-mêmes d'avant, voire que c'est une histoire racontée par quelqu'un d'autre ou un groupe de personnes.
Le choix présenté dans cette édition correspond aux projets de mises en ondes/scène que j'en fais.
Les didascalies sont des évocations de sons, voix et ambiances sonores.

Personnages

Elle, la Sous-Chienne *(la sœur)*	*Camille Raséra*
Lui, l'Avalé *(le frère)*	*François Badoud*
… *(voix du passé)*	*Elyne Maillard Camille Raséra et François Badoud*

Sous la glace
Craquements
Égouttement
Chuchotages
Enfant

Lui Quelque part en montagne
Hiver
… « Dites adieu à votre mère
Elle ça sera dans une famille
Lui ça sera chez les Bonnes Sœurs »
Lui Leur séparation
Leur hiver
À elle
La Sous-Chienne
Et à lui l'Avalé
Elle Et elle et lui et elle et lui et elle et lui et elle et lui
Un hiver qui a duré
Des années
… « Dites adieu à votre mère
Elle ça sera dans une famille
Lui ça sera chez les Bonnes Sœurs »
Lui Printemps

Leur rencontre
Leur printemps

Fissure
Écoulement
Bris
Torrent
Accalmie

Elle Mon Di-u
Elle l'a tellement imaginé
Lui Comment
Comment pouvait-elle
Elle Elle
Il lui arrivait
Elle ne faisait rien il était là
C'est tout
Enfin avant
Quand ils étaient
Des enfants
Lui Alors
Elle savait que
Elle Oui
Pas lui

Il ne savait pas
Lui Non
Elle Aucun souvenir
Lui Non
Elle Mais
Les Bonnes Sœurs
Elles ne lui ont pas dit
Lui Elles lui ont dit
… « Toi t'as pas »
Lui Et quand il a insisté
… « Ils sont morts »
Et puis voilà
… « Orphelin »
Elle Mon Di-u
Lui Dire eux
Eux
Eux
Elle et lui
Eux
Eux
Et on
On
On eux
Ce que ça signifie

Elle Et cet instant
Où ils se voient pour la première fois
Se voir après quoi
Trente ans
Se voir chez le notaire parce que leur mère est morte

Lui Oui cette rencontre
Cette collision
Ce choc de plaques tectoniques
Et cette marche
Dans les montagnes
Cette marche sans but sans raison
Et leurs corps
Leurs corps dans les plis sur les crêtes
Leurs corps soufflés par le vent
Leurs paroles
Soufflées

Elle Et leur chemin
Leur avenir
À partir de cet instant
Tout autre
Parce que la Sous-Chienne sera là
Et lui aussi

Lui Oui
L'endroit
Ne sera plus le même
Ils devront faire avec
Et nous
Faire avec eux
Elle Il faudra faire attention
Après tout on
On ne les connaît pas
Et eux
Ne se connaissent pas
Lui Non mais
Ils se ressemblent
Elle Oui et ça
Ce que ça signifie
Lui Des espoirs
Elle Des craintes
Un abîme
Ou alors plutôt
Un arbre
Oui
Un arbre
En plein champ

Un ombrage un appui
En tout cas ils seront moins seuls
Lui Seuls ils le sont toujours
Elle Ils le sont moins quand ils peuvent
Dire
Et entendre
Et ils ont tant à
Lui Est-ce qu'ils pourront
Elle Elle ne sait pas
Toutes ces années
Lui Ils essaieront
Elle Ils essaieront

Gazouillis
Mouches
Stridulations
Cloches
Ruisseau

Lui Qu'est-ce que c'est
Elle De la gentiane
Lui Le pire et le meilleur
Elle C'est tout ce qu'on a
Tu ouvres la bouteille

Lui Tu as bien fait de la prendre
Elle On en aura besoin
Lui On en a toujours besoin
Elle Avec l'altitude ça fera de l'effet
Lui Et ça nous réchauffera
Peut-être
Il fait encore frais
Elle C'est vrai
Quelle belle matinée
Et ce printemps
Une explosion
Hier encore les bourgeons étaient si charnus
Ils n'attendaient que ça
Se donner le mot pour exploser
Et voilà que maintenant ils le font
Ils explosent
Et cettc herbe
Si verte
Lui Elle restera ainsi avant que l'été ne la brûle
Elle Et ces fleurs
Qui s'ouvrent
Pour combien de temps encore

Je voudrais qu'elles s'ouvrent
À l'infini
(Elle enlève son pardessus)

Lui Tu n'as pas peur de prendre froid

Elle Qu'importe
Il fera bientôt chaud

Lui Ce n'est pas certain
En montagne le temps change vite

Elle Viens
Allonge-toi

Lui Je suis bien là

Elle Le soleil est si
Enlève au moins ta veste

Lui Non
J'ai encore froid

Avion de chasse

Elle Mon Di-u
C'est pour ça qu'il n'est jamais venu
Elle imaginait qu'il viendrait
À sa majorité elle était sûre que
Il débarquerait
Comme ça

Chez elle
Qu'il lui demanderait des comptes
Qu'elle devrait
Lui dire
Et puis elle a
Étouffé l'affaire
Avalé
Mon Di-u mais
Les Bonnes Sœurs de quel droit ont-elles
Menti
Mentir là-dessus c'est
Pourquoi
Pourquoi l'ont-elles fait

Lui Pour le garder
Pour leur mission
Redresser le bois tordu

… « Les vices des enfants sont les
conséquences du péché originel et de la
transmission héréditaire des parents
Qui après Dieu
Donnera à l'enfant l'horreur du mal le
goût et l'amour du bien
C'est l'éducation chrétienne »

Lui Pour elles c'était sacré

Et pour d'autres politiquement sacré
Économiquement sacré
Philosophiquement sacré
Scientifiquement sacré
Qu'on ne lui ait jamais rien dit ça le tue
Et elle
La Sous-Chienne
Et leurs « parents »
Pourquoi l'ont-ils
Et pourquoi ne sont-ils pas
Ils auraient pu
À tout moment
Et les Bonnes Sœurs elles auraient
Dû
Oui elles auraient dû
Pourquoi
S'ils étaient venus
Même tard
Même s'ils étaient venus tard sa vie
aurait
Sa vie

Elle Ils n'ont pas pu
Ils n'ont pas pu mon Di-u c'est
C'est si loin

Et c’est maintenant
Maintenant qu’elle doit
Qu’elle doit lui dire
Qu’elle doit se souvenir
Maintenant qu’il doit
Entendre
Entendre l’histoire
Marchons

Ascension
Pierrier
Essoufflement

Elle Tu étais bébé tu
Avais un ou deux ans
J’en avais six
Maman
Travaillait
Sans cesse
Et moi Sous-Chienne je te gardais
Je te berçais te changeais te lavais te donnais à manger
Jouais avec toi
Tu avais des cheveux tout fins

Et une tête
Brûlante
J’y passais ma main je me souviens
Et tu me regardais
Avec ton grand regard
Comme un animal
Les yeux plongés
Dans l’infini
Dans l’Ouvert
Tu me regardais et j’existais
Je me sentais responsable
De toi
De nous
De l’avenir
La nuit on dormait à la grange
Maman louait la chambre
Parce que Papa avait
Disparu
Était parti en Italie
En Allemagne
En Grèce en Roumanie
Il y avait la Guerre
Ou pas
Je me souviens d’une nuit

…	Maman nous a réveillés
Nous a dit
« On va en-haut
Au barrage »

Bruissement des feuilles
Grincement des troncs
Grand-duc qui ulule

Elle	Et ils ont marché
Dans la forêt
Noire
Ont marché avec le vent
Et les craquements des arbres
Ces arbres qui étaient comme des corps
Des milliers de corps
Dressés dans l'ombre
Il fallait marcher vite et lui
Il dormait
Puis
Soudainement
Le barrage
L'eau
La terre l'eau le barrage le ciel

Immense
Et la marche qui reprend
Rapide
Et au milieu du barrage Maman qui se penche
Pas d’étoiles
Là en bas
Et au moment de relever la tête ils aperçoivent au loin une silhouette
Inconnue
Une forme floue en face
Et tout s’arrête
Leurs souffles le vent les bruits
Tout allait droit vers
Le bleu
Et puis plus rien
Rien qu’un bruit d’eau
Et le silence
Maman a dit
… « On redescend »
Elle Ce qu’il devait se passer ce soir-là
Ne s’est pas passé

Cloches du Ciel
Marelle
... *« Crottés mal élevés ces gamins »*
... *« Pas de père »*
... *« Pas de père »*
... *« Laissera plus traîner ses magazines érotiques »*
Halètements
Brise

Elle Le lendemain
... « Il y a des gens qui veulent vous voir
Venez les enfants »
Elle On était tout crottés mais on est venus
On nous a toisés
... « Dites adieu à votre mère
Elle ça sera dans une famille
Lui ça sera chez les Bonnes Sœurs »
Elle Et moi Sous-Chienne
J'ai regardé Maman
Et Maman elle
Elle ne pouvait pas
Alors on est partis
Comme ça

Et dans cette famille
J'ai travaillé
Lever à six heures traire les vaches nettoyer l'écurie préparer le petit-déjeuner aller à l'école revenir
Labourer semer faucher récolter émotter biner
Il fallait que je rapporte
Déjà qu'ils avaient baissé leur prix pour m'avoir
Après un an Maman est revenue

… « J'ai trouvé un nouveau mari on va te reprendre »

Elle Et lui

… « Lui ça fait trop
On n'a pas les moyens »

Elle Et j'ai grandi avec ça
Cet homme qui a dit

… « Si vous l'ouvrez je me tire
Lui vous n'avez qu'à l'avaler
Comme le lard »

Elle Et Maman
Qui t'avalait

Soupe
Mandibules
Éructations

Elle La Sous-Chienne aussi elle s'est tue
Mais elle l'imaginait
L'Avalé c'était son Jésus
Avec son regard
Toujours là
Sur elle sur le monde
Son regard-conscience qui faisait tout exister
C'était un Jésus
Sans la morale et le blabla
Elle lui bâtissait des cabanes des cachettes des châteaux
Se confiait à lui lui disait tout
Tandis qu'à l'homme à Maman rien
De toute façon ils ne la voyaient pas
… « Les enfants ça se tait et ça écoute »
Elle Écoutez quoi
La météo les ragots le point de vue des autres

Dès qu'on voulait parler de quelque chose ils disaient
… « C'est compliqué »
Elle L'immigration
… « C'est compliqué »
Elle Le droit de vote des femmes
… « C'est compliqué »
Elle Le droit aux vacances
… « C'est compliqué »
Elle Les enfants placés les internés administratifs
… « C'est très compliqué »
Elle Et la Sous-Chienne
Rachitique
Elle n'avalait pas
N'avalait rien
À seize ans elle était
Le Mont Saint-Hélène
Le Mont Saint-Hélène en voie d'explosion
Elle l'est encore d'ailleurs mais exploser
Ça n'est pas sage
Pas saint pas respectueux

Pétarades
Tutti frutti
Klaxons
Bombe à cotillons
Bande

À seize ans ils l'ont envoyé à Zürich
Pour apprendre la langue le *Swizerdütch*
Elle y a vu
Tous les garçons et les filles de son âge
Et elle a voulu qu'eux aussi
Ils la voient
L'Avalé et son regard ça ne suffisait plus
Elle Et elle a rencontré B
Avec sa bande
La bande à B
B
Un étudiant en cinéma
Une foudre
Bourré d'énergie de projets d'utopies
Il parlait amour partage communauté
Il lui a dit
… « Viens »

Elle Et elle y est allée
Elle a fui
Fui sa culture ses origines sa famille
l'Avalé
Revenir à la maison c'était le cancer
Partir avec B et sa bande
Le remède
Et ils sont allés dans la communauté de
Monte Verità
Dans le Tessin
Elle y a vu
La nudité
Son corps
Territoire en bataille
Elle
Conquérante
Et conquise
Son corps-amour
Et son esprit
Qui s'envole avec eux
Les esprits libres
Une fusion de corps et d'esprits
Une fusion de toutes les natures
Puis le rêve s'est écrasé

… « La communauté a dix jours pour
quitter les lieux »
Elle L'utopie était trop forte
B a dit
… « On part à Berlin
Suis-nous mais pour la frontière je ne sais pas
Tu es mineure »
Elle Et la Sous-Chienne
Enceinte
Les a suivis

Vapeur
Roulement
… *« Meine Damen und Herren der*
Identitätsprüfung »
… *« Ein unbegleiteter Minderjähriger*
hier »
Aboiements
Sifflement

… *« Elle a fugué »*
… *« Fumé de l'herbe »*
… *« C'est une dévergondée »*
… *« Enceinte pas de mari »*

... *« Une fille-mère »*
... *« À son âge »*

Elle Et le préfet a dit
… « Garde à vue
Examen psychologique »
Elle Et le stagiaire a dit
… « Cerveau infantile »
Elle Et le préfet
… « Hôpital
Accouchement
Internement administratif
Pénitencier H »
Pénitencier H
Hôpital

Eaux déversées
Balayage
Récurrence

Elle Juste après son accouchement il y avait
une note sur sa table de chevet

…	« Ne pas montrer l'enfant à sa mère
Pour cause
Adoption »

Elle	Elle s'est levée elle a couru
Elle
Dans le couloir elle a vu le médecin avec son bébé dans les bras

…	« Dis adieu à ta mère »

Elle	Elle a voulu
Mais la sage-femme l'a attrapée par le bras

…	« Ne hurle surtout pas
Il faut leur montrer que tu peux être une bonne mère »

Elle	Et on lui a bandé les seins
Pour empêcher la montée de lait
Ce bébé elle ne l'a jamais revu
Pénitence
Pénitencier H
À son arrivée le Directeur l'attendait dans son bureau
Il y avait Maman
Et le médecin

…	« C'est compliqué

Comme tout le monde ici elle veut faire des enfants
Le problème
C'est *elle* fait un enfant avec un homme qui n'est pas le mari
Et qui maintenant a disparu
Weg
Dans la nature
Financièrement ça va être difficile ça c'est clair
Donc
Qui va s'occuper de l'enfant
Ça c'est la question
Qui va payer
Nous
Ja
Natürlich
Nous allons payer pour cet enfant qui a une lésion cérébrale héréditaire
Nous croyons ça pose la question de la communauté
On vit tous ensemble ici
Et on essaie de construire quelque chose ensemble

Nous pensons
D'abord
Placer l'enfant dans une famille où on a une chance pour qu'il reçoive une *bon* éducation
Pour qu'il soit un jour utile pour la société
Et pour la suite
Prolonger l'internement pour qu'elle fasse le tour *de* elle-même et qu'elle *comprend* que son comportement n'est pas accepté
Ne peut pas être accepté
Et
Ja
Peut-être aussi
Stériliser »

Elle Et Maman
A signé
Pour son bien

… « Oui
Elle ne peut pas donner la vie
C'est irresponsable »

Cassure
Sur la glace
Falaise
Éboulements
Vent
Gorgées

… « Sous-Chienne »
Elle C'est comme ça qu'on m'appelait au pénitencier
Parce que je ne savais pas quand je sortirai
Deux ans
Sans savoir
Et moi Sous-Chienne je nettoyais
Frottais couloirs carrelages carreaux
Frottais à la soude caustique
Un jour j'ai vu du sang couler sous une porte
Le sang de l'internée C
Le corps de C et à côté du corps
Du sang de l'urine et de la soude
La peau de C
Liquéfiée

Les os de C creusés
Puis j'ai vu le dégoût sur le visage des gardiens sur la gueule du Directeur
… « Oublie ce que tu as vu
Avale »
Elle Et au bout de deux ans
… « Tu vas faire un apprentissage »
Elle L'assommoir
Moi
Assommée
Je le suis encore
D'ailleurs
B son fils Papa Maman l'Avalé
J'ai toujours su que vous étiez là
Quelque part
Mais je ne peux pas
Vous affronter
J'avale tout
Comme Maman
Mon fils je pourrais le
Non
Il a sa vie
Il ne vaut mieux pas
Tu la trouves lâche

Vous la trouvez lâche
Mon Di-u
Que tout ça existe
Que tout ça ait existé
Ce que vous devez penser
Allez-vous-en
S'il vous plaît allez-vous-en
Et toi
Va-t'en
S'il te plaît

Lui Je ne suis jamais parti

Elle Si
Je t'ai avalé
Tu n'existes pas
Mon enfant n'existe pas
Aucun enfant n'existe
Pourtant
Pourtant je ne suis pas mécontente que tu sois là
Que vous soyez là
Que nos plaques tectoniques se soient collisionnées
Ça devait arriver
Et maintenant je dois

Affronter
Lever les yeux
Et je le fais
Là
Non
Je le fais
Regarde-moi
Comment tu me trouves
Lui Je te trouve
Bien
Elle Bien
Tu me trouves « bien »
Ce mot je ne sais plus ce qu'il signifie
Ce qui est « bien »
Ce qui est « mal »
Ce qui fait du « bien » ce qui fait du « mal »
Le « bien » qu'on crée en faisant du « mal »
Le « mal » qu'on fait en faisant du « bien »
Le « bien » que ça fait de faire du « mal »

Ce qu'une personne fait de « bien » et de « mal »
Ce « qu'est » une personne

Lui Questions sacrées
Sacrées questions

Elle Et toi
Ce que tu y mets dans ce « bien »

Lui Quelqu'un
Qui ne fait pas de mal
Ce n'est pas rien
De voir

Enlacement

Sous la glace
Chocs sourds
Fuites

Lui Il existe
Et nos murs
Nos murs-fiertés
Nos murs-peurs
Nos murs-calculs nos murs-définitions
Nos murs

Remparts de nos certitudes
De nos valeurs de notre identité
Nos murs-remparts de notre Histoire
Qui n'est pas la sienne
Nos murs-mensonges
Nos murs échouent
Nos murs-trous
Nos murs-passoires nos murs-tunnels
Nos murs s'écroulent
Et lui
Mille lui
Traversent
Marchent
Piétinent
Cueillent
Mangent
Et générosité oblige nous cédons
Et eux
Qui avaient toujours froid
Eux chauffent
Chauffent se réchauffent se font canicule
Eux brûlent
Brûlent nos jardins nos arbres nos
maisons

Brûlent nos enfants nos amis nos parents
Et notre passé pèse
Notre passé-enclume
Nous plie
Nous plions
Nous
En lui
À jamais pliés
Nous ramenés à
L'humilité

Sur la glace
Sauts
Glissades
Clameurs

Rage
Rage feu
Rage rage feu
Rage rage feu
Rage rage feu
Rage rage feu
Rage rage feu
Rage rage feu

Effritement

Lui Rien n'est passé
Tout est toujours présent
C'est une belle journée
Un printemps qui explose
Un printemps d'apocalypse
De danse sur la braise
À ce rythme-là on ne verra pas
l'automne venir
(Il enlève sa veste)
Passe-moi la gentiane
On n'a pas fini de descendre
Ces montagnes je vais les aplatir
Quelle aubaine cette rencontre
Alors Maman ne m'a pas digéré
Elle m'a couché sur le papier
Elle m'a dégueulé
Le voilà
Mon héritage

Elle Je veux partir

Lui Comme d'autres
Mais les nœuds sont faits on ne se défile
plus

Maintenant ma chute
Mes ongles sur la pierre
Moi enfant
Moi maigreur peau squelette
Moi poussé dans le vide
Un vide-indifférence où le bâton tourne siffle et frappe
Au hasard
Où le bâton n'est jamais arbre
Jamais guide jamais appui
Un vide où l'autre n'est jamais frère ni sœur
Où l'autre
Est un inconnu
Moi
Un inconnu
Moi m'agite
Touche pare contre-attaque
Moi
Nous
Eux
Moi me torture
Me jette contre les falaises me jette
Du haut des falaises

Moi descend
Et moi est un autre
Et un autre
Et un autre et un autre et un autre
Des centaines d'autres des centaines de milliers d'autres
Et des autres en moi
Qui me tuent

Effondrement
Glace-boue-terre-falaise
Écho

On
Nous
Les autres
Il ne sait pas nous approcher
On ne l'approche pas
On ne lui dit pas bonjour
Avec nous il n'est jamais calme
Il ne peut pas croire que nous soyons faits du même bois
Les autres
Les Bonnes Sœurs

Elles ne l'ont jamais regardé
Jamais mis une main dans le dos
Sauf pendant les visites
Là c'était le festival
Là elles les portaient elles les
photographiaient
Eux devaient se tenir droit
Sourire
Et montrer qu'ils étaient contents
Puis elles corrigeaient les faux pas dès
que les visites étaient parties
Et le soir
Dans les dortoirs
Ces dortoirs sous les combles
Ces dortoirs aux volets fermés-
verrouillés-tapissés pour qu'ils ne voient
surtout pas le ciel
Elles corrigeaient les mouilleurs de lit
Ils se mettaient à plat ventre sur les
draps de la veille
Et elles guérissaient cette paresse au
gourdin
Et branchaient l'*électrificateur* aux pieds
de leurs lits

Pour les dissuader de recommencer
Et pour les gros péchés il y avait le cachot
Ou les fessées
Ex-magistrat
Le puni était présenté nu à l'assemblée
Couvert d'un drap blanc d'un bonnet rouge
Elles le ficelaient et avec les martinets
Elles effaçaient le péché
Et l'assemblée
Elle encourageait
L'Avalé
Il encourageait
Railler être raillé ça leur paraissait normal
Au bout d'une minute on n'entendait plus que les coups
Les cris
Et les pleurs
Se révolter
Ça ne leur venait pas à l'idée
Tapaient trop fort les Bonnes Sœurs
Pour elles c'était un sport

C’était tous les jours
Elles tapaient
Puis elles s’apaisaient
Dans le silence
Il l’a vu ça dans leurs yeux
La gloire de l’ordre
L’assurance de la Bonne Sœur
Il aurait fallu qu’ils soient muets
Qu’ils n’existent pas
Mais à quatre six huit ans
Leurs jambes torrents
Leurs bras orages
Leurs cerveaux cascades leurs ventres volcans
Un matin il avait tonnerre dans la peau
Et il a ri
À la crypte
Un rire-fusée
Un rire-pétard
Il y en a une qui est arrivée par derrière il a vu tout rouge
Elle a voulu avancer sa main
Il s’est dit « on va m’attaquer » il l’a mordue il a détalé

… « Oula c’est le diable
C’est le diable »
Lui Elles ont dit
Oui le diable
Elles l’ont pris dehors à deux
Hop un mord dedans
Les tenailles
Et crac crac elles ont tout coupé
Comme ça c’était fini il ne pouvait plus mordre
Va respirer après ça
Il n’y a plus rien qui a poussé plus une dent
À un moment donné il était obligé
Soit il se laissait crever
Soit il se défendait
Donne-lui sa veste

Grondement
Vent tempétueux
Éclair-tonnerre
… *« Qui aime son fils lui prodigue le fouet*
Plus tard son fils sera sa consolation »

Pluie dans les feuilles
Forêt

Elle Fatigue
Fatigue dans mes yeux
Dans mon ventre
Dans mes genoux dans mon dos
Comment puis-je respirer
Face à ça
Face à toi
Comment
En sommes-nous arrivés là
Et maintenant
Ce que je dois entendre
Et répondre
Alors que je voudrais juste
Te prendre
Dans mes bras
Voyager
Avec toi
Te parler de bonheur
De ce que j'ai construit
De ce que je voudrais construire
Que je voudrais juste

Prendre le temps
De rien
De voir ce que nous voyons
De vivre
Sans poids
Sans ce passé-enclume
Tu as raison
Rien n'est passé
Tout est toujours présent
Voilà pourquoi je pleure
Dans les creux
Dans les entre-deux
Voilà pourquoi rien ne tient
Malgré mes efforts
Tout est toujours là
Toi mon fils Maman Papa
Même Avalés
Même morts
Et ce passé
Se transmet
Maman me l'a transmis
Je le transmets
Même caché avalé brûlé gardé secret
dans un coffre

Il se transmet
Et le futur
Peut-on le changer
Peut-on se libérer de ce passé-enclume
peut-on l'enterrer
Il paraît qu'il faut dix ans pour changer
un homme
Je ne sais plus si l'été va venir
Si la journée va être belle
Oui le printemps explose
C'est toujours comme ça
Mais après
Quoi
Ces dernières années l'été a été pluvieux
Il n'a pas suivi le printemps
Pourquoi
Pourquoi ne l'a-t-il pas suivi
Et cette rencontre
Ce qu'on se dit
Son utilité
Ce que ça change
Je ne sais plus
Je suis perdue
Comment en sommes-nous arrivés là

Lui Nous avons marché
Elle Et le chemin
Où est-il
Lui Il n'y en a pas
Quelque chose nous meut
Et on avance
Nous meut et on parle
Nous meut et on lève la main
Nous meut et on tremble
Nous meut et on rit
Nous meut et on frappe
Nous meut et on se suspend à une grue
Nous meut et on se rassemble
Nous meut et on rejette
Nous meut et on écrit
Nous meut et on détruit
Nous meut et on déterre
Nous meut et on marche
Nous meut

Pluie dans les feuilles
Chants d'oiseaux
Cor des Alpes au loin

Lui	Ça s'éclaircit
Comment s'appelle cette montagne
Ce rocher noir ce monticule blanc
Elle	*Jungenmanneszahn*
Rurirarschlispitze
Keine Ahnung
Lui	Je la connais
J'en suis sûr
Elle	Tu connais cet endroit
Lui	Connaissais
Elle	Quand on a connu on connaît
Lui	On oublie
De quoi et comment se souvient-on
C'est une question
Elle	Tu aimes cet endroit
Lui	Oui
Non
Elle	Alors on part
On descend
Lui	Je ne suis jamais parti
Elle	Tu l'as déjà dit
Mais ce matin on était
Chez le notaire
Donc pas ici

Lui Oh

J'y étais quand même

Elle Qu'est-ce qui te fait rire

Tintinnabulement

Récréation

Lui Il s'en est souvenu

Le nom de la montagne

« *Der Schwarze Mönch* » le moine noir

C'est le frère O

Qui le lui a appris

Elle Oh

Lui O portait une bure noire à rabat blanc alors

Ça l'avait marqué

Elle Il a donc été chez les Frères

Lui Oui à l'Institut

Pour le cours mi-moyen à neuf ans

À son arrivée il n'en revenait pas

Il y avait un bâtiment pour dormir

Une école une chapelle une étable une scierie

Des champs un verger

Et six cents enfants
De tous les cantons Soleure Fribourg
Vaud Bâle Berne
Il y avait des orphelins comme lui
Des enfants placés par l'État par leurs parents
Et pour les guider
Les frères français
Des bénédictins
Eux ne les tapaient presque pas parce qu'ils partaient à la fin de l'année
Par attachement
Sans doute
Il y avait U le boudzu
F le fricassé
N et H les surveillants
L avec sa spatule
Et O
O c'est le premier qu'il a aimé
Le premier à qui il a fait confiance
O c'était son Frère à lui
O il avait pitié
O il écoutait

Et quand l'Avalé pleurait il écoutait encore plus
O c'était un spécialiste en prestidigitation
Il prenait un écu dans la main
Retroussait sa manche
Et hop
Plus rien
Ça le fascinait
Un jour pendant une promenade avec lui
Ils ont vu un arbre rouge
Rouge
La paysanne s'est avancée

… « Allons mes amis mangez
Mangez mais ne cassez pas les branches »

Lui Et ils se sont jetés
Les branches ont sursauté ployé tremblé reployé et l'Avalé
Il avalait
Il se suspendait
Se jetait
Poussait
Et avalait

Il n’avait jamais mangé de cerises

Frémissement des hautes herbes
Comptines
Tohu-bohu
Jeu

Elle Je dis
« Mon frère
Mon homme
Mes hommes mes pères
Mes non-pères
Mes non-hommes »
Lui Je dis
« Mes non-femmes
Mes non-sœurs ma non-mère
Mon non-père ma non-femme
Mon frère
Ma sœur »
Elle Je dis
« Mon frère vois-moi
Considère-moi
Raconte-moi remplis-moi
Touche-moi

Roule-moi jette-moi joue-moi
Embrasse-moi serre-moi
Frappe-moi »

Lui Je dis
« Ma sœur tiens-moi
Flanque-moi
Garde-moi guide-moi grandis-moi
Enterre-moi
Plante-moi
Arrose-moi »

Elle Kroutch kroutch
Pfiah pfiah
Tzac
Prends ça
Et ça
Arrête
Tu me fais mal
(Lui « déborde », Elle crie, Lui s'arrête,
Lui s'écarte)
Chut

Milans royaux
Battement d'ailes
Envol

Elle Pourquoi aime-t-on certaines personnes
Et pas d'autres
Lui Une affaire de sang
Peut-être
Elle Alors il l'aime
Parce qu'elle lui ressemble
Lui Il ne sait pas
Il sent
Il sent trop
Quand il la regarde il voudrait
Il voudrait trop
Il voudrait la caresser la pincer la serrer
et la mordre
Elle La mordre
Lui Oui la mordre
Parce qu'il veut tout
Ingérable
Trop de besoins
Ça lui tourne dedans mais au-dehors
Rien
Il ne sait pas
Apprivoiser
Trouver le chemin
Il est

Innocent
Ses mains
Appuient
Trop fort
Dessinent sculptent
Trop fort
Elle Mais
Avec O
Et avec les autres enfants
Il s'est quand même
Arrondi
Un peu
Lui Un peu oui
Oui pendant un temps il a même été un cercle
Ses mains
Étaient de moins en moins
De moins en moins en moins même
Et puis plus tard plus du tout
À la fin
Un trou
C'était devenu un trou
Comment nos formes se lient à celles des autres

Se lier
Ouvrir son cercle
Partager son cercle
Ce que ça signifie
Mais si on est un trou
Alors on nous marche dedans
Il aurait dû faire attention
Les formes sont sauvages
En haut
En bas
Formes sauvages
Animaux sauvages

Elle	Il a peur du bas
Il ne reste pas en bas

Lui	Non

Elle	Il fuit

Lui	Oui

Guêpe

Lui	Passe-moi la gentiane

Elle	Il y a eu qui
Après les frères français

Encensiers

… *« Was für äs Glück für di Regiärendä,*
dass di Mänscheit nöd dänkt »

Lui La conscience de ce qui devait ne devait
pas être fait
Il ne l'avait pas
Après les frères français les Sacristains
Des Boches qui aboyaient en suisse-allemand
Comprenait rien l'Avalé
A perdu le nord l'Avalé
L'Avalé à cet âge il voulait plaire
Et un jour qu'il pleurait dans les couloirs
S'est fait remarquer par D
Le Directeur
D qui était le juste
Le vénéré D
D l'a invité dans son burcau
Lui a porté une affection insensée
Lui a dit de ne pas errer dans ses pensées
de les écrire
Lui a offert un cahier avec un
stylographe
Lui a dit

… « Viens me voir quand ça arrive »
Lui Et l'Avalé il s'est senti
Colorié
Lui qui était pâle
Et D lui a enseigné le billard
Et son règlement
Et D lui a fait faire de la gymnastique
L'Avalé enfilait une large cuissette bleue
Et à la sortie de la douche D le séchait
Et puis un jour il ne sait pas pourquoi
D était
En explosion
… « Va dans ma chambre mets la cuissette bleue »
Lui D s'est allongé
Lui a pris la tête et
Tête-bêche
Comme ça
Il lui a frotté la joue sur son tweed
Puis il a dit
… « Va te confesser
Dieu te pardonnera »
Lui Et une semaine plus tard

… « Tu iras porter une lettre au curé du village »

Lui L'Avalé y est allé
Le curé l'attendait en slip dans la sacristie
Pas trente ans le type
Il n'a même pas cherché à s'habiller

… « Bonjour
Comment tu t'appelles joli garçon
Viens on va éteindre la bougie du Seigneur »

Lui Oui c'est comme ça qu'il a dit
Il a dit

… « Voilà
Attends
Assieds-toi »

Lui Il a pris de la graisse de saindoux
Et puis avec ça hop
Il y est allé
Mais quand il est allé tout au fond
« tedi-u »
Et l'Avalé il devait pas
Pas gueuler rien dire

Alors il a mis un chiffon en rond dans la bouche
Et puis avec ça
Le curé y est allé
Et quand c'était terminé
… « Jésus te récompensera
Tu auras le droit d'éteindre la bougie là-haut »
Lui Éteindre la bougie
Il avait la colonne qui sifflait jusqu'en haut dans la nuque
Il ne pouvait même pas se lever
Ce curé
Il l'aurait flingué
Le faire souffrir
Souffrir à un tel point

Frelons
Tournoiement
Cri de marmotte

Elle Tu peux descendre
Encore
Je te tiens

Cascade
Remous

Lui Le matin avant la messe
D lui donnait des cours d'anatomie
L'Avalé prenait en main l'objet du cours
Y appliquait un baume pour calmer l'eczéma
Et priait
À genoux
Jusqu'à ce que D vienne
Prenne une photo et lui essuie la bouche
Puis ils fumaient le cigare
Mangeaient du chocolat au rhum
Et D lui a confié une autre mission
Porter une lettre en Italie

… « Un ami à moi viendra te chercher
Une personne qui t'apprendra beaucoup de choses
Tu y resteras pour le week-end »

Lui À la frontière il l'a vu l'ami il a détalé
L'instinct
Il a couru à travers champs forêts rivières

Couru couru monté
Monté là-haut
Dans les montagnes
Monté ici
Et là
Il a laissé rentrer l'air l'Avalé
Il a laissé l'air lui tomber à l'intérieur
Une chute
Et l'Avalé il s'est fondu
Dans le vert
Fondu avec cette fraîcheur à l'intérieur
Et il est resté allongé là
Pendant des heures

Feu
Crépitements
Chaudron
Brassage

Lui Lorsqu'il a ouvert les yeux
Le feu
Et une voix grave
… « Tu es à qui toi
On dirait un oisillon tombé du nid »

Lui Mille notes dans cette voix
Et des mains qui l'ont pris par l'épaule
Des mains qui soutiennent
Des mains larges chaudes rugueuses
Des mains comme les siennes
Des mains de berger
Une voix de berger
Et l'Avalé il a parlé
Il a dit
Tous les mots
… « Je vais t'emmener à la police
Et chez les journalistes »
Lui Et les mots ont soulevé d'autres mots
Des mots de partout
Jusqu'à ceux de l'évêque

Désarchivage
Correspondances épistolaires[3]

---

[3] D'après des correspondances de l'Église relevées dans les Archives de l'État et de la Ville de Fribourg (1940-1956) par l'étude « Enfants placés à l'institut Marini de Monthey ; discriminations, maltraitance et abus sexuels. », A.-F. Praz. P. Avvanzino, R. Crettaz, 2016.

D & l'évêque
Chips

… « Certaines personnes colportent que
vous vous permettez des actes
répréhensibles à son égard »
… « Une pareille duplicité est vraiment
extraordinaire
Cet enfant me cause une peine inouïe
J'attends son retour
Et ce sera à mon tour de lui dire ce que
je pense de sa fourberie
De lui dire que je n'ai plus que faire de
lui à l'Institut après de pareils
mensonges
Je n'ai jamais rien fait qui soit
inconvenable
La seule chose que je me reproche
C'est de n'avoir pas pensé qu'il pouvait
y avoir des élèves assez mal intentionnés
pour déformer ainsi la vérité
Je n'en comprendrais que mieux que la
prudence la plus extrême doit être notre
règle dans nos rapports avec les enfants

Même les mieux intentionnés »
… « Nous avons reçu les plaintes d'autres enfants »
… « Qu'on touche quelqu'un en badinant c'est possible
Ce sont les gestes d'un papa avec ses enfants
On les prend on les soulève
De plus leurs cuissettes sont si larges
Un geste involontaire est vite arrivé
C'est une imprudence
Je comprends que la chose vous ait été communiquée
Je comprends bien le scandale que cela pourrait faire
Mais je suis sûr que la chose restera secrète
C'est un temps où je souffre terriblement physiquement et moralement
Je n'ai pas toujours été secondé comme il le faut
On peut comprendre que j'aie recherché un peu d'affection sensible

Je les ai taquinés comme un père de famille avec ses enfants
Le cas de l'Avalé est une exception je lui ai porté une affection un peu trop grande »

… « Certains prêtres subissent l'influence du temps
Je crois qu'il serait désastreux pour l'ensemble de notre clergé que l'Église fasse preuve de trop de mansuétude en cette matière »

… « Je me repens amèrement de mes actes délictueux
J'en ai honte
Je ne puis comprendre comment j'ai été entraîné à perdre ainsi tout contrôle de mes actes
Cette leçon m'a permis de prendre conscience de ma grande faiblesse
Ces fautes sont à attribuer à mon état de santé déficient
Et à l'absorption d'alcool
Je serais d'accord de suivre un traitement antialcoolique

Je crois en la miséricorde de Dieu
Et j'ose espérer en la miséricorde humaine
Si vous désirez mon éloignement
Je vous serais reconnaissant de n'invoquer que le motif de ma santé
Car c'est bien la cause première de ma faute
Je mérite la verge
Je l'accepte
Mais j'attends aussi votre clémence »

Refuge
Buvette
Chocolat au rhum

Lui Être placé
Et vouloir déplacer
Être en place
Et se déplacer
Être en place et plier
Avaler cette histoire
… « C'est compliqué »
Lui Au tribunal ils ont dit

…	« Cet enfant est un affabulateur »
…	« Un malin »
…	« Un ignoble instigateur »
…	« Une fillette »
…	« Un pervers »
Lui	Au retour des séances D effilait des branches de noisetier
…	« C’est pour ce soir »
Lui	Et lorsque d’autres « placés » ont voulu déplacer
Le tribunal a
Engueulé D
…	« Demandez-leur pardon »
Lui	Et D nous l’a demandé
De grand cœur
Nous avouant qu’il oublierait la chose facilement
Qu’il se rappellerait au contraire de tout le bien qu’on lui avait fait
Que ce n’étaient que des moments d’oubli

Chupa Chups
Correspondances épistolaires (suite)

… « Toutes les œuvres destinées à
promouvoir le règne du Christ souffrent
persécution
Vos épreuves sont la rançon du très
grand bien que vous accomplissez
Si ma confiance et mon affection
peuvent être pour vous un
dédommagement
Elles vous sont acquises
Les enfants qui séjournent dans votre
Institut ont souvent une ascendance très
chargée
Je pense qu'un avertissement suffirait
Mais je ne peux me montrer indulgent
en raison du scandale que cela pourrait
procurer
Vous irez résider dans un foyer
Je prie pour vous et vous ferai entourer
du mieux que je peux
Vous êtes libre cela va de soi

D'exposer aux confrères de la maison
les raisons de votre mutation »

Sous la glace
Égouttements de partout

Elle « Nous
Spectateurs
En tous temps
En tous lieux
Tournés vers tout cela
Jamais vers le large
Nous mettons de l'ordre
Tout s'écroule
Nous remettons de l'ordre
Et nous-même croulons »[4]
Lui Qui dit ça
Elle Rilke
Lui Si ça s'écroule c'est que ça ne tenait pas
Elle Oui
Et maintenant
Comment construire

[4] « Huitième élégie de Duino », Rainer Maria Rilke, 1923.

Lui Il ne sait pas
Il ne descend que pour remonter
Joindre les plis
Voir les montagnes
Les traverser
Elle Il descend il remonte
Il ne reste jamais en bas
Il n'est jamais parti
Il n'a jamais construit
Avec les gens d'en bas
Lui Non il n'y est pas
Autorisé
Lui pierre
Pierre détachée de la montagne
Pierre *défractée*
Pierre non polie
Elle Et elle
Elle pierre lisse
Pierre brique
Pierre mur pierre parmi d'autres
Pierre qui jaillit et rejoint
Rejoint pierre détachée
Pierre détachée et pierre brique

Pierres qui se ressemblent
Parce que différentes
Lui La ressemblance
La différence
Ce que ça signifie
Elle Des abandons
Lui Des solitudes
Elle Des confiscations
Lui Des rapprochements
Elle Des espoirs
Lui Des craintes
Elle Non
Plus de craintes
Lui Alors l'été suivra le printemps
Elle Oui
Des canicules
À tout fondre
Lui Elle lui passe la gentiane
Elle Vide
Lui Tant pis
Plus besoin
Maintenant ils respirent

Maintenant lui frère
Et fils
Et oncle
Elle Et elle
Elle sœur
Et mère
Ils descendent
Lui Ils descendent

Fonte
Rivière
Fleuve
Lac

Fin

Bruxelles, mai 2018 et janvier 2019

media process

Achevé d'imprimer en 2021 sur les presses de
MEDIA PROCESS à Evere en Belgique

Dépôt légal KBR : D/2021/15012/13

Dans la même collection

À-VIDE, suivi de J'AIMERAIS DORMIR SOUS UN ORME,

Aurélien Dony

Aurélie Vauthrin-Ledent et Les Oiseaux de nuit remercient Angélique Burnotte pour son aide aux relectures de Descendre.

Les éditions des Oiseaux de nuit

remercient leurs mécènes :

Aurore Garriga, Sylvie Renous, Marie-Hélène van Rossum, Rachel Stojanov, Aurélie Vauthrin-Ledent, Emmanuel de Candido, Gisèle Remerie, Angélique Burnotte, Eric van de Graaf, Françoise Descarpentries, Aurélie Collart, Delphine Freyssinet, Baiba Akmane, Benoit Gilis, Edith Gilis, Valérie Detemmerman, Marianne Leclercq, Siham Najmi, Johanne Pastor, Anne Szimjonka, L'Aencrophone Asbl, Hélène Cipra, Roxane Stojanov, Christian Crahay, Petit Prince, Deborah Danblon, Jean-Philippe Brondel, Benoit Strulus, Shirley Auspert, Catherine Vanden Perre, Dimitri Shumelinsky, Bernard Locoge, Katrin Marenholz, Martial Bernard, Anne Raphaël, Yves-Marina Gnahoua